THiLO

Deutsch³
Böses Foul
beim Fußball

Deutsch als Fremd- und Zweitsprache

Alles Digitale zu diesem Buch kann auf der Lernplattform
allango von Ernst Klett Sprachen abgerufen werden. So geht's:

| QR-Code scannen oder **www.allango.net** aufrufen | Buchtitel oder ISBN in der Suche eingeben und auf das Buchcover klicken | Zum Inhalt navigieren, direkt abrufen oder speichern |

Dieses Symbol bedeutet, dass zu einem Buch-Abschnitt
ein digitaler Inhalt verfügbar ist: **Hörtext zu allen 3 Niveaus,
Wortschatzhilfen mit Bildern und Erklärungen sowie Quiz-Lösungen.**

Ernst Klett Sprachen
Stuttgart

1. Auflage   7 | 2025

Alle Drucke dieser Auflage sind unverändert und können im Unterricht nebeneinander verwendet werden.
Die letzte Zahl bezeichnet das Jahr des Druckes. Das Werk und seine Teile sind urheberrechtlich geschützt. Jede Nutzung in anderen als den gesetzlich zugelassenen Fällen bedarf der vorherigen schriftlichen Einwilligung des Verlags.

Redaktion: Carina Janas
Konzeption: Carina Janas, Elisabeth Muntschick
Layoutkonzeption: Andreas Drabarek
Illustrationen: Tobias Dahmen
Satz: DOPPELPUNKT, Stuttgart
Umschlaggestaltung: Andreas Drabarek

Tonregie und Schnitt: Gunther Pagel, Top10 Tonstudio, Viernheim
Sprecher und Sprecherinnen: Christian Birko-Flemming, Behzad Ansari, Benjamin Pagel, Gunther Pagel, Stefanie Plisch de Vega, Hans-Peter Stoll, Anke Stößer, Ron Vodovozov

Druck und Bindung: Plump Druck & Medien GmbH, Rheinbreitbach

Printed in Germany
ISBN 978-3-12-688074-9

Förderung
nachhaltiger
Waldbewirtschaftung

PEFC

PEFC/04-31-3752   www.pefc.de

Deutsch³
Böses Foul beim Fußball

Inhaltsverzeichnis

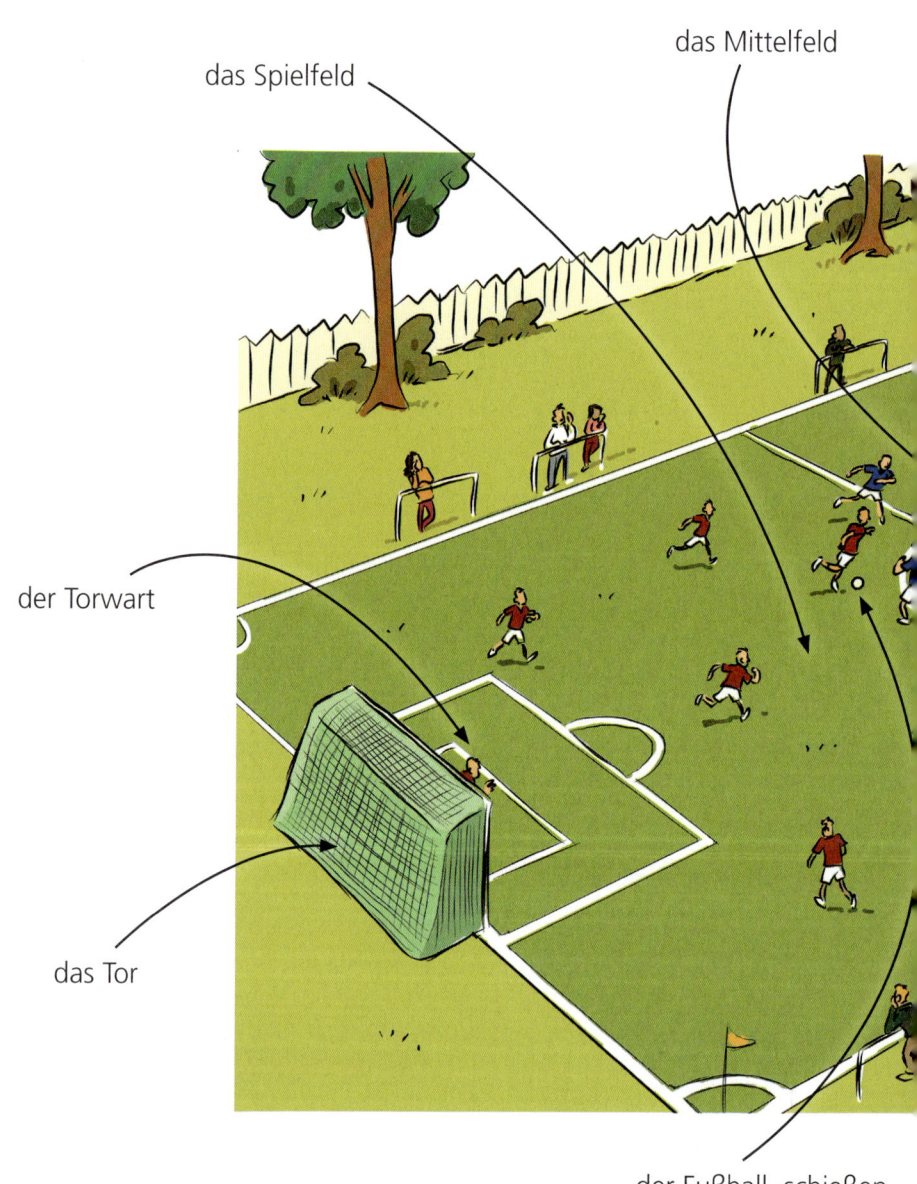

das Mittelfeld

das Spielfeld

der Torwart

das Tor

der Fußball, schießen

der Mannschaftkapitän

die Mannschaft

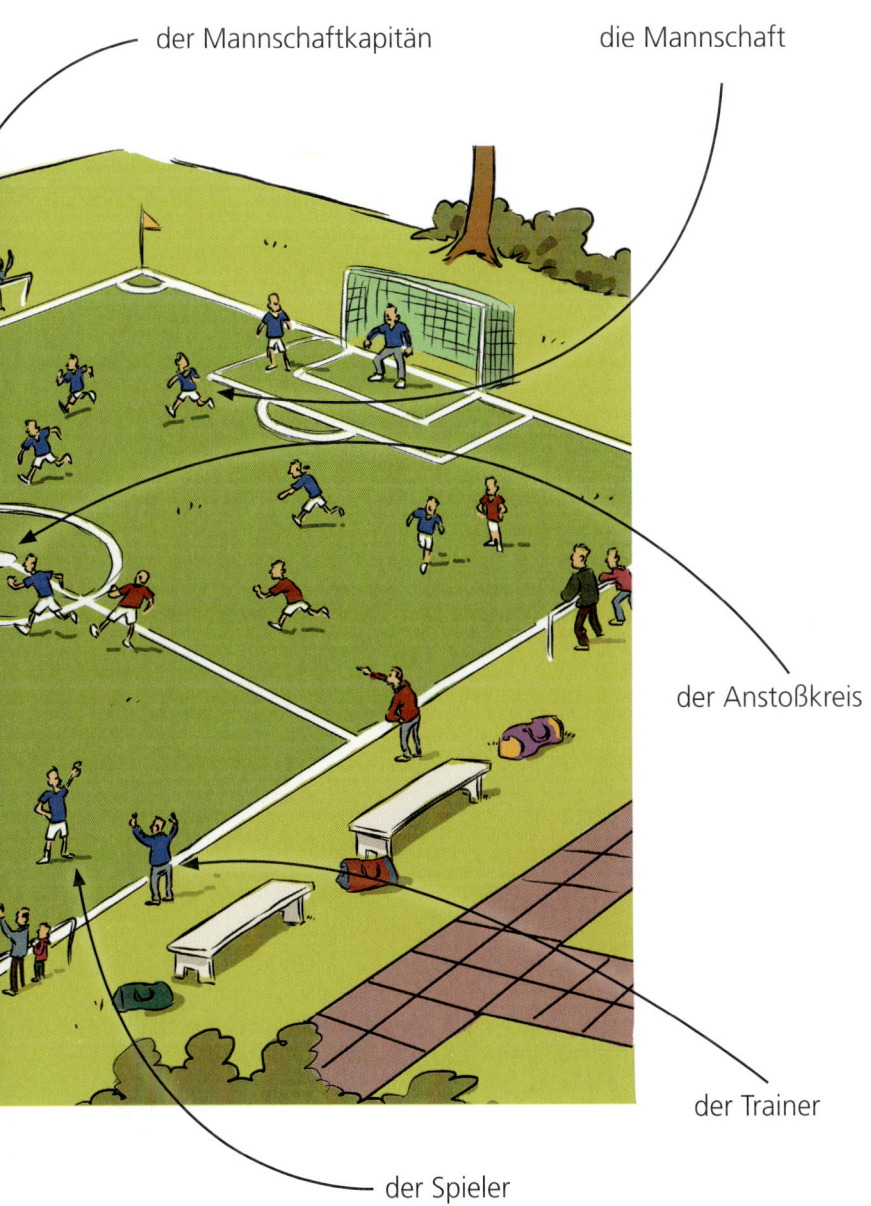

der Anstoßkreis

der Trainer

der Spieler

Böses Foul beim Fußball
Personen

Ismail geht in die Goetheschule in Frankfurt.
Er ist noch nicht lange in Deutschland.
Er kann noch nicht so gut Deutsch, aber er kann sehr gut
Fußball spielen.
Aber in dem neuen Verein ist es nicht leicht.
Finden ihn die anderen Jungs nett?
Sieht der Trainer, wie gut Ismail spielt?
Und dann verschwindet auch noch Jonas Geldbörse aus
der Umkleidekabine.
Zum Glück gibt es Thierry. Der ist ein echt cooler Typ.

Niveau 1 // leicht

Name: **Ismail Kassem**
Alter: 15
Herkunft: Kairo, Ägypten
Beruf: Schüler
Sprachen: Arabisch, Englisch

Niveau 2 // mittel

Name: **Thierry Dansou**
Alter: 16
Herkunft: Parakou, Benin
Beruf: Schüler
Sprachen: Französisch,
Englisch

Niveau 3 // schwer

Name: **Thomas Berg**
Alter: 36
Herkunft: Kiel, Deutschland
Beruf: Sportlehrer
Sprachen: Deutsch, Englisch,
Spanisch

Niveau 1
Ismail Kassem

- 🗨 Hier spricht Ismail.
- 🗨 Hier spricht Thierry.
- 🗨 Hier spricht Thomas.
- 🗨 Hier spricht eine andere Person.

 Hörtext und Wortschatzhilfen

Mit dem Mut eines Löwen

Ismail spielt gut Fußball.
Jetzt will er endlich im Verein Fußball spielen.

Am Nachmittag geht er zum Sportplatz.
Aber in der Umkleidekabine verschwindet sein Mut.
Hier sind so viele Jungen.
Alle kennen sich schon.
Ismail ist allein.

„Hallo, ich heiße Ismail", sagt er.

Doch keiner hört ihn.
Traurig setzt sich Ismail in eine Ecke auf die Bank.

Soll er wieder gehen?

Doch da kommt ein cooler Typ in die Umkleidekabine.

Gerade will Ismail wieder gehen.
Da sieht ihn der coole Typ.
Er geht gleich zu Ismail.

„Hi, ich bin Thierry", sagt er.
„Du bist neu hier, oder? Ich kenne dich nicht."

Ismail freut sich.

„Ja, ich bin heute zum ersten Mal hier", antwortet
Ismail. „Braucht ihr einen guten Spieler?"

Thierry lacht.

„Du bist selbstbewusst, das gefällt mir!"

Thierry geht gleich zum Trainer und holt ihn.

„Thomas, das ist Ismail", sagt Thierry zum Trainer.
„Ein Superfußballer, können wir ihn brauchen?"

Ismail geht auf den Platz.
Sofort ist sein Mut wieder da.
Er spricht noch nicht so gut Deutsch.
Aber zum Fußballspielen braucht man keine Sprache.

Ismail spielt im Mittelfeld.
Thierry schießt den Ball zu ihm.
Ismail läuft los.
Mit dem Ball am Fuß, vorbei an zwei Gegnern.

Dann spielt er zu einem blonden Jungen.
Der schießt, aber der Torwart hält.

Ismail sieht zum Trainer.
Thomas hebt den Daumen.

Er hat alles gesehen.
Ismail ist stolz.

Das Lob von Thomas tut Ismail gut.

Er hat jetzt richtig Spaß.
Er macht einige gute Pässe.
Fast schießt Ismail ein Tor.

Jetzt sind die Jungen nicht mehr so fremd.
Er kennt schon Daniel, Ilkay und Mattis.

Und Thierry ist echt cool, findet Ismail.
Immer wieder kommt er und haut Ismail auf die Schultern.
„Weiter so!", feuert er Ismail an.

So wie Thierry möchte er auch sein!
Vielleicht können sie Freunde werden?

Nach dem Training gratuliert Thierry ihm.

„Kommst du am Sonntag zum Spiel?", fragt
Thomas. „Dann brauchst du einen Spielerpass."

Ismail ist glücklich.
„Na klar, gerne!", antwortet er.

Thierry macht ein Foto für den Pass.

Am nächsten Tag in der Schule ist Ismail nicht richtig da.
Sogar in seinem Lieblingsfach kann er nicht aufpassen.

Frau Langer fragt ihn dreimal.
Dreimal weiß Ismail die Antwort nicht.

„Ismail, was ist denn mit dir los?", fragt die
Lehrerin.

Ismail zuckt mit den Schultern.

Er denkt immer nur an den Spielerpass.
Hoffentlich kommt der Pass noch vor dem Spiel an.

Ismail will am Sonntag Fußball spielen.
Unbedingt!

Ein Traum wird wahr

Am Sonntag klingelt Ismails Handy ganz früh.
Ismail liegt noch im Bett.

‚Wer kann das sein?', denkt er.
Die Nummer kennt er nicht.

„Hallo?", fragt Ismail.
„Hey bro, ich bin es, Thierry!", sagt der Anrufer.

Sofort ist Ismail hellwach.

„Dein Ausweis ist jetzt da", spricht Thierry weiter.
„Ein Mann hat ihn gebracht.
Obwohl heute Sonntag ist."

Ismail springt aus dem Bett.
Schnell packt er seine Sporttasche.
Nach fünf Minuten ist er fertig.

Die Mannschaft fährt mit dem Bus zum Spiel.

Ismail sitzt neben Thierry.
Er sagt kein Wort.
So aufgeregt ist er.

Auch Thierry ist ganz still.
Ist er auch aufgeregt?

Am Ziel wartet schon die andere Mannschaft.
Der FC Blau-Weiß.

Das Spiel beginnt.

Ismail sitzt auf der Bank.
Vor Aufregung hat er einen trockenen Mund.

Immer wieder läuft Ismail in die Umkleidekabine.
Dort trinkt er Wasser aus dem Wasserhahn.

Die erste Halbzeit ist vorbei.
Zur Pause steht es noch 0:0.

Die Mannschaft geht in die Umkleidekabine.
Thomas spricht ganz schnell mit den Spielern.
Ismail versteht nicht viel.

Doch dann zeigt der Trainer auf Ismail.
„Jetzt spielst du", sagt Thomas.
    „Jonas geht raus."

Ismail sieht zu Jonas.
Jonas kneift die Augen zusammen.
Er ist sauer.

Doch für Ismail wird ein Traum wahr.
Mit den anderen Jungen läuft er auf den Platz.

Der Schiedsrichter pfeift.
Und das Spiel beginnt!

Du bist ein Dieb!

Die Spieler machen sich noch einmal Mut.
Alle wollen gewinnen.

Mattis schießt zu Ilkay.
Ilkay läuft los, aber er verliert den Ball.
Der FC Blau-Weiß greift an.
Doch Thierry kann ihnen den Ball abnehmen.
So geht es hin und her.
Beide Mannschaften sind gut.
Aber keiner schießt ein Tor.

Fünf Minuten vor Schluss holt sich Thierry den Ball.
Er läuft und läuft und läuft … Ismail läuft mit.
Kurz vor dem Tor spielt Thierry ab. Direkt zu Ismail.
Ismail schießt. Mit vollem Tempo fliegt der Ball ins Tor.

1:0!
Und so bleibt es.
Zehn Minuten später hebt Thierry den Pokal hoch.

Ismail freut sich mit den anderen.
Er fühlt sich gut.
So gut hat er sich schon lange nicht mehr gefühlt.

Doch die Freude ist schnell vorbei.
In der Umkleidekabine steht Jonas.
Sein Kopf ist rot.

„Es gibt einen Dieb!", brüllt Jonas.
„Jemand hat meine Geldbörse gestohlen!"

Sofort zeigt Jonas auf Ismail.

„Das war der da!", ruft er.
„Der ist doch immer in die Kabine gelaufen!"

Ismail ist ganz still.
Er ist kein Dieb! Er hat noch nie etwas gestohlen!

Thierry hat eine Idee:
„Wir suchen jetzt erst einmal.
Jonas, wir finden deine Geldbörse bestimmt."

Alle helfen Thierry beim Suchen.
Doch die Geldbörse bleibt verschwunden.

Sie fahren nach Hause.
Im Bus ist es ganz still.
Keiner freut sich über den Sieg.

Abends liegt Ismail in seinem Bett.
Er kann nicht schlafen.

Er ist unschuldig! Er hat doch nichts gemacht.
‚Da gehe ich nie wieder hin!‘, schwört sich Ismail.

An sein Tor denkt keiner mehr.
Alle denken: Ismail ist ein Dieb.

Die ganze Nacht träumt Ismail schlecht.
Aber er träumt auch von dem Pokal.
Er will Fußball spielen.
Aber er muss sich jetzt eine neue Mannschaft suchen.

Schluss mit Fußball, oder?

Der nächste Tag ist ein Montag.
Ismail kann in der Schule wieder nicht aufpassen.

Heute Nachmittag ist Fußballtraining.
Aber er will nicht hingehen.
Nie mehr.

Ismail kickt dann wieder alleine auf der Straße.

Nach dem Unterricht geht er traurig nach Hause.
Doch auf einmal steht da Thierry.

- „Hey bro, wo willst du hin?", fragt er.
- „Nach Hause", sagt Ismail traurig.

Thierry schüttelt den Kopf.

- „Nein, das tust du nicht", sagt er.
  „Du hast doch nichts gemacht, oder?"

Ismail schüttelt den Kopf.

- „Dann zeige mir noch einmal deinen Mut."

Ismail nickt.
Sie holen seine Sporttasche.
Dann gehen sie zusammen zum Training.

Ismail und Thierry kommen in die Umkleidekabine.
Sofort wird es still.
Die anderen Jungen sehen Ismail an.
Ismail fühlt sich nicht gut.
Er will am liebsten wieder gehen.

Sie denken alle: Er ist ein Dieb.
Erst als Thomas kommt, geht es Ismail besser.

Dann kommt Jonas.
Er hat einen roten Kopf.

„Ich muss mich bei Ismail entschuldigen", sagt
Jonas. „Meine Geldbörse ist wieder da.
Ich hatte sie gar nicht mit beim Turnier.
Sie war zu Hause in meinem Zimmer."

Er geht zu Ismail und gibt ihm die Hand.

„Es tut mir leid", entschuldigt sich Jonas.
„Ich habe etwas Wichtiges gelernt."

Ismail fällt ein Stein vom Herzen.
Er ist endlich wieder glücklich.
Thomas legt ihm die Hand auf die Schulter.
 „Dann kommst du weiter zum Training?", fragt er.
Ismail nickt.
„Klar!", antwortet er.

Beim Spiel ist Ismail mit Thierry und Jonas in einem Team.
Jonas hat beste Laune. Oft spielt er den Ball zu Ismail.
Die beiden spielen super zusammen.
Ismail ist sich sicher:
Wir gewinnen noch viele Pokale zusammen.
Und dann feiern wir richtig!

Ismail kommt nicht aus Deutschland.
Woher kommt er?
☐ Er kommt aus der Türkei.
☐ Er kommt aus England.
☐ Er kommt aus Ägypten.
☐ Er kommt aus Syrien.

Ismail spielt sehr gut Fußball.
Wo will er endlich spielen?
☐ Er will im Verein spielen.
☐ Er will alleine spielen.
☐ Er will in seiner Heimat spielen.
☐ Er will nie wieder Fußball spielen.

Am Sonntag ist ein wichtiges Spiel.
Was braucht Ismail unbedingt?
☐ Ismail braucht neue Fußballschuhe.
☐ Ismail braucht ein Trikot.
☐ Ismail braucht einen Fußball.
☐ Ismail braucht einen Spielerpass.

Die Geldbörse von Jonas ist weg. Jonas sagt:
☐ Thierry hat sie gestohlen.
☐ Ilkay hat sie gestohlen.
☐ Trainer Thomas hat sie gestohlen.
☐ Ismail hat sie gestohlen.

Lösungen

Niveau 2
Thierry Dansou

🟢 Hier spricht Ismail.
⚪ Hier spricht Thierry.
🟠 Hier spricht Thomas.
🟤 Hier spricht eine andere Person.

Hörtext und Wortschatzhilfen

Der Mannschaftskapitän

Heute ist ein toller Tag!
Thierry rast mit seinem Fahrrad durch die Stadt. Eben hat er ein
Eis gegessen. Jetzt muss Thierry sich beeilen, sonst kommt er zu
spät.

Thierry ist wie immer heiß auf das Fußballtraining.
In der Umkleidekabine klatscht er alle ab.

- „Hi, Leute!", ruft Thierry. „Seid ihr gut drauf?"
- „Yo!", brüllen die anderen Spieler.

Sogar Jonas nickt. Obwohl der Thierry auch nach zwei Jahren im
Verein immer noch nicht richtig mag. Jonas wollte Thierry auch
nicht als Mannschaftskapitän haben.
Aber der Rest der Mannschaft ist einfach toll!
Thierry mag sie alle.

Schnell zieht er sich um. Er will endlich spielen!
Thierry zieht sein Trikot an und pfeift dabei.
Er hat immer gute Laune. Die lässt er sich von niemandem
verderben, auch von Jonas nicht.

Als er sein Trikot, die Hose und die Schuhe anhat, sieht Thierry
den Neuen. Ganz hinten in der Ecke sitzt er.
Thierry muss grinsen. Der Junge erinnert ihn an sich selbst, wie
er damals zum ersten Mal hier war. Vor zwei Jahren. Genauso
schüchtern und verunsichert hat er damals auf der Bank
gesessen.

Thierry geht sofort zu dem Jungen. Nicht nur, weil er der
Kapitän ist. Er mag einfach Menschen.

Ismail heißt der Neue.
Thierry begrüßt ihn und stellt ihm Thomas vor, den Trainer.

„Thomas ist echt in Ordnung", sagt er zu Ismail.
„Er ist fair und er kennt sich auch noch ein bisschen mit
Fußball aus."

Alle drei lachen.

Thomas hat die Spieler in zwei Teams eingeteilt.

Thierry schnappt sich gleich den Ball und geht zum Anstoßkreis.
Er will den Neuen testen. Hat Ismail wirklich etwas drauf?

Ein paar Mal versucht er Ismail anzuspielen, doch die Gegner
schlafen nicht. Dann bringt Thierry den Ball zu Ismail.
Ismail nimmt ihn perfekt an. Er sieht sich nach seinen
Mitspielern um. Als sich niemand anbietet, läuft Ismail weiter.

‚Sehr gut!', denkt Thierry. ‚Der hat keine Angst!'

Auch der Pass von Ismail kommt an. Nur ein Tor gibt es leider
nicht. Der Torwart der anderen hält sicher.

🢀 „Super, Ismail!", brüllt Thierry über den Platz.

Thierry spielt noch ein paar Mal zu Ismail. Ismail spielt wirklich richtig gut. Er kann tolle Flanken schlagen. Außerdem lacht er so ansteckend.
Thierry kann Ismail gleich gut leiden.

Ein Pass von Ismail landet auf Thierrys Fuß. Thierry dribbelt noch einen Verteidiger aus, dann schießt er.
Wie ein Komet fliegt der Ball aufs Tor zu. Der Torwart macht sich lang. Aber diesen Schuss kann man nicht halten.

„Tor!", jubelt Thierry.

Seine Mannschaft kommt und umarmt ihn. Auch Ismail.

Nach dem Training geht Thierry zu dem Neuen.
„Ich habe mit dem Trainer gesprochen", sagt er. „Wenn du willst, kannst du am Sonntag spielen."

Thomas nickt.
Ismail freut sich natürlich.

Nach dem Umziehen macht Thierry noch ein Foto von Ismail für den Spielerpass. Ohne Pass darf keiner spielen.
Dann fragt er auch noch die wichtigsten Sachen ab: Name, Alter, Adresse und Telefonnummer.

Sofort nach dem Training fährt Thierry zu seinem Vater. Der arbeitet in einem Internet-Café.

🔹 „Hi, Dad!", begrüßt Thierry ihn und stellt sein Fahrrad ab.
Sein Vater umarmt ihn.

🔹 „Du musst mir helfen", sagt Thierry.
„Ich muss ein Foto verschicken, zum Fußballverband.
Und ein bisschen telefonieren."

Thierrys Vater bringt ihn zum besten Computer im Laden. Er ist
sehr stolz auf seinen größten Sohn. Und er hilft Thierry immer.

Thierry schickt das Foto weg. Dann spricht er mit einem Mann
vom Fußballverband.
🔹 „Ja!", ruft er ins Telefon. „Der Spielerpass muss bis
Samstag bei mir sein. Am Sonntag haben wir ein wichtiges
Fußballspiel!"

Als Thierry auflegt, ist er zufrieden. Doch sein Vater sieht ihn so
komisch an.
🔹 „Am Sonntag kannst du nicht spielen", sagt der Vater.
„Am Sonntag kommt meine Schwester zu uns. Das ist
wichtiger als Fußball."
Thierry ist geschockt.

Thierry schleicht sich davon

Am Sonntagmorgen wird Thierry schon um 5 Uhr wach. Er kann
heute nicht Fußball spielen, weil seine Tante kommt.
Thierry wälzt sich im Bett hin und her. Das Spiel ist doch so
wichtig!

Aber der Spielerpass für Ismail ist auch noch nicht da.

Um 7 Uhr steht Thierry auf. Als er aus dem Fenster sieht,
entdeckt er einen Mann. Mit einem großen Brief kommt er auf
ihr Haus zu.

Thierry kennt den Mann. Es ist der Präsident von ihrem Verein.
Sofort rennt er die Treppen hinunter. Kurz bevor der Präsident
klingeln kann, öffnet Thierry ihm die Tür.

🢒 „Du wartest doch auf einen Spielerpass, oder?", fragt
der Präsident.
Thierry nickt.
🢒 „Hier ist er", redet der Mann weiter. „Und jetzt: Holt
euch den Pokal!"

Thierry freut sich. Aber er fühlt sich auch schlecht. Einen muss
er heute enttäuschen: Seinen Vater oder Ismail.

Thierry packt seine Tasche und schleicht sich aus der Wohnung.

Thierry sitzt im Bus und fühlt sich richtig mies. Er hat seinen
Vater enttäuscht. Vertrauen bedeutet seinem Vater sehr viel.
Und ihm auch.

Aber Thierry ist der Kapitän der Mannschaft. Er kann sie nicht
einfach so im Stich lassen.

Thierry sieht auf sein Handy. Dreimal hat sein Bruder schon
angerufen. Thierry macht das Handy ganz aus. Sonst wird er
noch verrückt!

Wenigstens freut sich Ismail ein Loch in den Bauch. Thierry zeigt
ihm den Spielerpass. Auf dem Foto lächelt Ismail ganz glücklich.

Als sie am Spielort ankommen, gehen alle in die Umkleidekabine. Der FC Blau-Weiß ist ein starker Gegner, das wissen
alle.

Thierry schwört seine Jungs ein. Kurz darauf beginnt das Spiel.

‚Ich gewinne heute für dich, Papa‘, denkt Thierry.
‚Damit du wieder stolz auf mich sein kannst.‘

In der Pause ist Thierry gar nicht stolz auf sich. Zweimal hat er Fehlpässe gespielt. Einmal ist er am Ball vorbeigerutscht. Das hat fast ein Tor für die anderen gegeben.

Doch der Rest der Mannschaft war auch nicht besser. Jonas war sogar richtig schlecht.

 „Männer, wir müssen besser spielen!", ruft Thierry.

Alle nicken.

 „So gewinnen wir nicht mal einen Gartenzwerg", redet er weiter. „Wir alle sind noch nicht richtig wach, ich auch nicht."

Thomas ist der gleichen Meinung.
 „Ich werde ein bisschen umstellen", sagt der Trainer. „Thierry geht weiter nach vorne. Und Ismail geht ins Mittelfeld, dafür geht Jonas raus."

Thierry sieht Jonas an.

Er weiß sofort: Das gibt Ärger.

Pokalsieg ohne großen Jubel

Thierry ist nicht mit sich zufrieden. Die erste Halbzeit war Mist.
Der Trainer hätte auch ihn auswechseln können. Im Kopf war er
zu sehr bei seinem Vater und den Gästen.

Jetzt konzentriert sich Thierry auf das Spiel.
‚Sonst hätte ich auch zu Hause bleiben können‘, denkt er sich.

Thierry schwitzt. Der FC Blau-Weiß ist jetzt viel stärker. Auch sie
wollen den Pokal holen.

Thierry brüllt wie ein Pavian über den Platz. So wird das Team
von Minute zu Minute stärker.

◄ „Weiter, weiter!", feuert Thierry seine Freunde an.

Zweimal hält sein Torwart richtig gute Schüsse.

Thierry sieht zur Uhr. Nur noch fünf Minuten. Er denkt wieder
an seinen Vater. Für ihn wollte er doch gewinnen.

Als ein Gegner an ihm vorbeilaufen will, nimmt Thierry ihm den
Ball ab. Er dribbelt um drei Abwehrspieler, dann passt er zu
Ismail. – Und Ismail schießt tatsächlich das Tor!

Kurz darauf hebt Thierry den Pokal in den Himmel.

◄ „Pokalsieger, Pokalsieger!", jubelt Thierry.
Immer wieder hebt er den Pokal hoch.

Seine Spieler singen mit. Jeder will den Pokal einmal anfassen.
Thierry macht noch schnell ein Selfie von sich mit dem Pokal.
Das Foto schickt er an seinen Vater. Hoffentlich sieht er jetzt,
wie wichtig Thierry für die Mannschaft ist.

Doch in der Kabine ist die Freude schnell vorbei. Die Geldbörse
von Jonas wurde geklaut. Und Jonas beschuldigt Ismail.
Jonas fordert sogar alle anderen auf, auch nach ihren Sachen zu
sehen. Doch sonst fehlt nichts.

„Moment mal!", mischt Thierry sich ein.
„Die Tür war nicht abgeschlossen. Hier kann doch jeder rein!"
Jonas lacht.
„Ja, jeder kann rein", antwortet er sauer.
„Aber gesehen habe ich nur einen: Ismail!"
Thierry will noch etwas sagen.
Doch Jonas hört ihm gar nicht richtig zu.

Thierry geht zu Ismail. Doch der will mit niemandem reden.
Er setzt sich allein in den Bus. Zu Hause steigt Ismail aus und
geht.

Mit hängendem Kopf geht auch Thierry nach Hause. Eigentlich
sollte er sich doch freuen. Sie haben den Pokal gewonnen.
Doch dann gab es den Diebstahl beim Turnier.

Außerdem hat er seinen Vater enttäuscht.

In der Wohnung angekommen, läuft Thierry gleich ins
Wohnzimmer. Hier essen sie immer, wenn Gäste da sind.
Doch der Raum ist leer.
In der ganzen Wohnung ist niemand.
Thierry ist echt fertig!
Da beschließt er, ein Gespräch mit Jonas zu führen.
Wenigstens das will er klären.
Mit dem Fahrrad fährt er zu Jonas.

„Wie kommst du darauf, dass Ismail der Dieb ist?", ruft
er stinksauer. „Ich glaube, du hast die Geldbörse selbst
versteckt. Nur damit Ismail aus der Mannschaft geworfen
wird!"

Bevor es zu einem richtigen Streit kommen kann, klingelt es.
Es ist Thomas.
Der Trainer bittet Thierry zu gehen. Er möchte alleine mit Jonas
reden.

Thierrys Vater ist stolz

Beim Frühstück am nächsten Tag sagt Thierrys Vater kein Wort.
Er ist noch immer enttäuscht von seinem Sohn.

„Papa, es tut mir leid", sagt Thierry. „Ich wollte dich nicht
enttäuschen. Aber ich bin der Kapitän der Mannschaft. Alle
verlassen sich auf mich."

Dann erzählt er von Ismail und dem Diebstahl. Und wie er sich
für den Neuen eingesetzt hat.

Sein Vater sieht Thierry an.
„Ohne dich hätten die Jungen Ismail vielleicht verprügelt",
sagt er. „Ich bin sehr stolz auf dich."
Dann lacht er.
„Deine Tante kommt nächsten Sonntag noch einmal",
erklärt er. „Hast du dann Zeit?"
Thierry lacht auch.
„Wenn ich nicht gerade wieder einen Pokal in die Luft
halten muss."

Nun geht es Thierry viel besser. Die Stunden in der Schule
fliegen nur so dahin. Aber um Ismail macht er sich immer noch
Sorgen. Also geht Thierry nach der Schule zu ihm.

„Du bist ein guter Fußballer und sicher auch bald ein toller
Freund", sagt er. „Aber ein Dieb bist du nicht, oder?"
Ismail schüttelt den Kopf.
„Dann komm doch mit zum Training!", drängelt Thierry.
Er überzeugt Ismail. Das war nicht leicht, aber er hat es
geschafft.

In der Umkleidekabine ist es sehr voll. Fast alle anderen sind schon da. Als Ismail und Thierry kommen, wird es still.

Thierry atmet tief durch. In Ismails Haut möchte er jetzt nicht stecken.

„Hi, Leute, seid ihr gut drauf?", ruft Thierry wie immer.
Doch die anderen nicken nur oder drehen sich weg.

Die gestohlene Geldbörse hat die Mannschaft richtig vergiftet.

Thierry bleibt dicht bei Ismail. Wie ein Bodyguard.

‚Ob Thomas noch etwas rausgefunden hat?', fragt sich Thierry.
Als der Trainer kommt, will er ihn fragen.

Doch dann kommt auch Jonas in die Kabine. Beschuldigt er Ismail jetzt weiter?

Nein, im Gegenteil. Jonas bittet um Ruhe.

„Lieber Ismail, ich muss und ich will mich bei dir entschuldigen", sagt er mit leiser Stimme.
„Gestern Abend habe ich die Geldbörse gefunden.
Sie lag auf meinem Schreibtisch."

Er geht zu Ismail und gibt ihm die Hand.
„Ich war ein Idiot", sagt Jonas. „Kannst du mit einem Idioten befreundet sein?"

Ismail nimmt die Hand von Jonas und schüttelt sie.

 „Das werden wir sehen", antwortet Ismail.
„Aber ehrliche Idioten haben gute Chancen."

Alle lachen. Endlich ist in der Kabine wieder gute Stimmung. So
wie Thierry es kennt. Auch Thomas sieht erleichtert aus.
Zum Warmmachen laufen sie drei Runden um den Platz. Dabei
machen alle Witze über den schusseligen Jonas. Der ist aber
nicht beleidigt, er lacht mit.

Beim Spiel geht es dann richtig zur Sache. Thierry hat Jonas
und Ismail in seinem Team. Die drei sind super. So als kicken sie
schon immer zusammen.
Thierry schießt zu Ismail, Ismail zu Jonas, Tor!
Beim nächsten Mal bereitet Jonas das Tor von Ismail vor. Die
Gegner kommen ganz schön ins Schwitzen. Thierry ist glücklich.
Der große Streit ist geklärt. Und die Mannschaft ist um einen
Superkicker reicher.

Welche Position hat Thierry in seiner Mannschaft?

☐ Er ist der Mannschaftskapitän.

☐ Er ist der Torwart.

☐ Er ist der Trainer.

☐ Er sitzt nur auf der Bank.

Beim Training schieß Thierry ein Tor.
Wer schießt die Flanke für ihn?

☐ Mattis

☐ Ilkay

☐ Ismail

☐ Jonas

Der Vater von Thierry arbeitet in einem Internet-Café.
Warum bittet Thierry seinen Vater um Hilfe?

☐ Weil er im Internet surfen will.

☐ Weil er etwas recherchieren muss.

☐ Weil er einen Rat braucht.

☐ Weil er ein Foto an den Fußballverband schicken muss.

Warum ist Thierrys Vater stolz auf ihn?

☐ Weil Thierry sich aus dem Zimmer geschlichen hat.

☐ Weil Thierry sich für Ismail eingesetzt hat.

☐ Weil Thierry der Kapitän der Mannschaft ist.

☐ Weil Thierry gut in der Schule ist.

 Lösungen

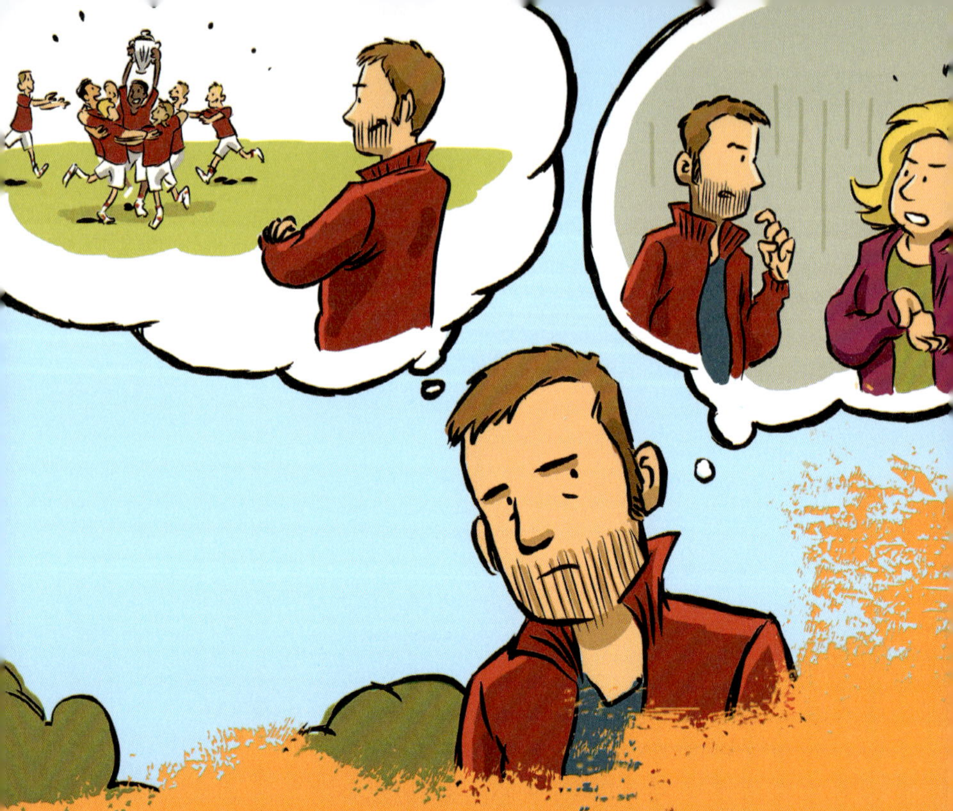

Niveau 3
Thomas Berg

Hörtext und Wortschatzhilfen

Sport ist sein Leben

Thomas ist Sportlehrer mit Leib und Seele. Es ist sein Traumberuf. Von Sport kann er einfach nicht genug bekommen. Deshalb ist er auch nach der Schule fast jeden Tag noch auf dem Sportplatz.

„Manchmal glaube ich, du wohnst da!", sagt seine Frau oft zum Spaß. Aber ein bisschen stimmt es.

Auch heute freut sich Thomas wie immer auf das Training mit seinen Jungs.

Er steht in der Tür der Umkleidekabine und sieht sie stolz an. ‚Ich bin Trainer der besten Mannschaft der Welt!', findet er. ‚Das sind alles feine Kerle.'

Nur Jonas fängt zu oft Streit an. Meistens mit Thierry, dem Kapitän der Mannschaft. Vielleicht, weil Jonas selbst Kapitän werden wollte?

Thomas hofft, das noch hinzubekommen. Denn beide sind super Fußballer. Und ohne Streitigkeiten könnte sein Team noch viel besser spielen. Dann würden sie Gegner wie den FC Blau-Weiß am Sonntag nur so vom Platz fegen.

Thomas schaut stolz in die Runde.
„Tolle Jungs, wirklich", murmelt er noch einmal.
Dann steht plötzlich Thierry vor ihm.
„Trainer, kommst du mal!", bittet er. „Ich muss dir jemanden
vorstellen. Ismail heißt er."

Thierry führt Thomas in die hinterste Ecke.
Dort sitzt ein schmaler Junge auf der Bank.
Thomas denkt nach. Hat er den vergessen?

Eigentlich soll man sich nämlich telefonisch anmelden, wenn man
zum ersten Mal zum Training kommt. Aber der Junge macht einen
sehr schüchternen Eindruck. Sicher wusste er das gar nicht.

„Ich bin Thomas", sagt Thomas.
„Willst du mal zur Probe bei uns mitspielen?"

Ismail strahlt über das ganze Gesicht.
„Wenn ich darf, gerne!", sagt er.

„Wie lange bist du schon in Deutschland?", will Thomas wissen.
Ismail wird rot.
„Oh, erst seit ein paar Wochen. Darf ich dann nicht Fußball spielen?"
Thomas winkt ab. „Quatsch!", ruft er. „Bei uns darf jeder mitmachen!"

Dann scheucht er alle Jungen auf den Sportplatz.
Als Ismail an ihm vorbeiläuft, hält Thomas ihn fest.
„Ein Lob kriegst du schon vor dem Spiel", sagt er. „Du sprichst
bereits sehr gut Deutsch."

Da lacht Ismail von einem Ohr zum anderen.

Thomas ist wirklich auf den Neuen gespannt. Gute Spieler kann er immer brauchen. Mit Thierry hat er sehr gute Erfahrungen gemacht. Der kam vor zwei Jahren auch einfach so vorbei, ohne ein Wort Deutsch zu können. Und nun ist er der Kapitän.

Zum Warmmachen jagt Thomas die Jungs dreimal um den Platz. Dann teilt er die Mannschaften so auf, dass Thierry und Ismail zusammenspielen.

„Und jetzt zeig, was du kannst!", ruft Thomas Ismail zu. Ismail nickt. 10

Er kann wirklich schon viel verstehen. Aber am Ball kann Ismail noch mehr. Da ist er überhaupt nicht mehr schüchtern. Schon gleich der erste Pass ist ein wahrer Traum! Genau zwischen die Abwehrreihen und auf den Mitspieler. 15

Thomas hebt den Daumen. Er will noch etwas sagen. Da vibriert sein Handy. Seine Frau Bianka hat ihm eine Nachricht geschickt. Thomas drückt sie weg. Beim Training sind Handys verboten. Und was für die Spieler gilt, gilt auch für den Trainer. Die Regeln sind für alle gleich. 20

Mit der Pfeife im Mund geht Thomas am Rand des Fußballplatzes hin und her. Seinem Blick entgeht nichts. Kein Pass, kein Foul, keine blöde Aktion.

Immer, wenn ihm etwas gefällt, klatscht Thomas oder er hebt den Daumen. Wenn ihm etwas nicht passt, pfeift er. Danach brüllt er quer über den Platz, wie die Spieler es besser machen sollen.

Was Ismail zeigt, gefällt ihm sehr gut. Auch Thierry wird immer besser. Jonas hingegen spielt in letzter Zeit wie mit angezogener Handbremse. Konkurrenz wird ihm gut tun. Vielleicht fühlt er sich zu sicher?

In Gedanken geht Thomas schon die Aufstellung für das Spiel am Sonntag durch. Da geht's zum FC Blau-Weiß, einem unglaublich starken Team.

‚Ob ich Ismail da einfach ins kalte Wasser werfe und spielen lasse?', grübelt Thomas.

Wenn das mit dem Spielerpass schnell geht, könnte er Ismail im Mittelfeld sehr gut gebrauchen. Auf der Position hat Jonas sich in letzter Zeit ein bisschen hängen lassen.

Thierry ist der gleichen Meinung. Thomas geht mit ihm zu Ismail. Da vibriert sein Handy erneut.

‚Verflixt, Bianka!', denkt er. ‚Du weißt doch, wenn ich Training habe, lese ich keine Nachrichten!'

Verschwitzt kommt Thomas zu Hause an. Kurz vor der Tür fallen ihm die Nachrichten von Bianka wieder ein. Aber jetzt muss er die auch nicht mehr lesen. Er kann ja nun selbst mit ihr sprechen.

„Da bist du ja endlich", begrüßt ihn Bianka noch an der Haustür.
„Warum hast du mir nicht geantwortet?"

Thomas wird ein bisschen sauer. „Beim Training lese ich keine
Nachrichten, das dürfen die Spieler auch nicht."
Bianka stützt die Hände in die Hüften. „Aber es ist wichtig. Hast du
unser Auto gesehen?"

Thomas schüttelt den Kopf.
Bianka geht mit ihm zum Auto. Es steht vor der Garage. Hinten im
Kotflügel ist eine große Beule.

„Wo kommt die denn her?", fragt Bianka.

Thomas wird nun richtig sauer.

„Woher soll ich das wissen", schimpft er. „Ich habe das Auto die ganze
Woche noch nicht gefahren. Wahrscheinlich hast du beim Parken nicht
aufgepasst."

Thomas dreht sich um und geht joggen. Wenn er hier bleibt, wird der
Streit nur noch größer.

Dicke Luft

Vor wichtigen Fußballspielen hat Thomas immer besonders viel Hunger. Heute geht es um den Pokal gegen den FC Blau-Weiß. Doch er hat kaum Appetit.

Wegen der Beule im Auto herrscht noch immer dicke Luft. Bianka und er haben noch immer Streit.

„Warum gibst du nicht einfach zu, dass du nicht aufgepasst hast?", fragt Thomas noch einmal. „Das ist doch nicht schlimm."

Seine Frau springt vom Stuhl auf. „Weil ich es nicht war, verstanden?" Bianka läuft aus der Küche und knallt die Tür zu.

Thomas atmet schwer. Er würde sich so gerne mit Bianka vertragen. Aber irgendwie geht es gerade nicht.

Da klingelt sein Handy. Es ist Thierry.
„Hey, Trainer, gute Nachrichten!", ruft Thierry in den Hörer. „Der Pass für Ismail ist noch gekommen."

Thomas seufzt. Vielleicht wird der Sonntag ja doch noch ein schöner Tag.

„Super!", antwortet Thomas. „Dann rufe ihn bitte an. Ich hole den Bus und dann treffen wir uns in zwei Stunden am Sportplatz."

Vorher will Thomas sich noch von seiner Frau verabschieden. Doch Bianka ist mit dem Hund rausgegangen.

‚Was bin ich für ein Idiot!', ärgert sich Thomas über sich selbst.

Heute Abend wird er sich mit Bianka versöhnen. Doch jetzt muss er sich voll auf das Pokalspiel konzentrieren.

Während der Busfahrt geht Thomas im Kopf die Aufstellung durch.
Ismail, der Neue, könnte spielen. Doch Thomas will sich erstmal
ansehen, wie Jonas seine Sache macht. Es sind nur zwölf Spieler im
Bus, deshalb spielen alle außer Ismail.

Als die Jungen sich in der Kabine umziehen, begrüßt Thomas den
Trainer der Gegner. Der macht ein paar Witze, doch Thomas hört ihm
gar nicht richtig zu.

Da merkt Thomas: So kann er nicht ins Spiel gehen. Vorher muss er
seinen Streit mit Bianka klären. Er ruft sie an, doch seine Frau geht
nicht ran. Also schreibt ihr Thomas eine Nachricht:

Ich will mich wieder mit dir vertragen. Ich habe mich wie ein Kind
verhalten, es tut mir leid.

Dann schickt er noch zwei Herzchen hinterher.
Nun geht es Thomas besser.

Als seine Spieler kommen, sagt er ihnen gleich, wie sie spielen sollen.
Alle setzen seine Vorgaben um. Nur wie Jonas spielt, das gefällt
Thomas überhaupt nicht. Immer wieder muss er den Kopf schütteln.

Sein Entschluss steht fest. In der zweiten Halbzeit spielt Ismail.

0:0. Noch ist nichts verloren. Doch eine richtig wache Mannschaft hätte hier längst vier, fünf Tore schießen können, glaubt Thomas. Nur gut, dass der FC Blau-Weiß auch noch halb schläft.

Der Trainer der anderen schimpft genauso. Die zweite Halbzeit kann also richtig hart werden.

Bevor Thomas zu seiner Mannschaft geht, tut er etwas Ungewöhnliches: Er sieht auf sein Handy. Das macht Thomas bei Spielen sonst nie. Aber es gibt schließlich auch noch wichtigere Dinge als Sport. Sogar für ihn.

Als er die Nachricht von seiner Frau liest, wird ihm warm ums Herz.

Ja, unser Streit ist sehr doof. Und, ja, du verhältst dich wie ein Kind. Heute Abend können wir wie Erwachsene miteinander reden.

Danach folgt immerhin ein Herz. Thomas ist fast schon wieder glücklich.

Nur muss er Jonas jetzt noch sagen, dass er ausgewechselt wird. Aber Ismail hat eine faire Chance verdient.

„Jonas, du hast Glück", versucht Thomas einen Scherz. „Du darfst den Rest des Spiels neben mir sitzen."

Doch Jonas findet den Spruch gar nicht zum Lachen. Wütend tritt er seine Trinkflasche um. Dann setzt er sich ins Gras.

Der Schock

Thomas ist unsicher. „War das wirklich eine gute Idee, den Neuen einzuwechseln?", fragt er sich selbst. Er weiß fast gar nichts über Ismail. Der Junge war ja erst einmal beim Training. Und das hier ist ein verdammt wichtiges Spiel.

Als der FC Blau-Weiß fast das 1:0 schießt, hält Thomas den Atem an. Doch Daniel, ihr Torwart, hält.

Mehr und mehr entspannt sich Thomas. Ismail hat einige gute Aktionen. Nicht alles ist schon reif für die Bundesliga, aber insgesamt macht er ein sehr gutes Spiel.

Thomas zieht sein Handy aus der Tasche und will die Uhrzeit wissen. Da sieht er noch eine Nachricht von Bianka. Das zweite Herz. Das heißt wohl: Komm nach Hause, wir vertragen uns wieder.

Thomas lächelt. Jetzt kann der Tag nur noch gut werden. Sein Mut wird belohnt. Ismail macht tatsächlich das entscheidende Tor. Kurz vor Schluss haut er eine Flanke von Thierry ins Netz.

Thomas springt wie ein Gummiball über den Platz. Sie haben den Pokal! Und ausgerechnet der Neue hat das Tor geschossen!

Thomas ist glücklich wie ein Kind am Geburtstag. Diesen Pokal wollte er schon immer gewinnen. Endlich hat es geklappt. Jubelnd läuft er mit seinen Spielern dreimal um den ganzen Platz.

Dann gehen sie sich umziehen. In der Kabine werden sie schon von Jonas erwartet. Doch der sieht gar nicht froh aus.

„Meine Geldbörse ist immer hinten in meiner Hosentasche", sagt er. „Und jetzt ist sie weg."

Er sieht giftig zu Ismail hinüber.

„Es muss einen Dieb in der Mannschaft geben", vermutet er. „Einen, der immer in die Kabine gelaufen ist."

Thomas weiß nicht recht, was er glauben soll. Schließlich hätte Ismail tatsächlich die Chance gehabt, die Geldbörse zu nehmen.

Thomas sieht sich die Sache genau an. Kriegen die Jungs den Streit alleine hin? Er ist stolz auf Thierry, denn der mischt sich ein. Also hält Thomas sich raus.

Mit dicker Luft fahren sie nach Hause. Dort gehen alle schweigend auseinander. Feiern will jetzt niemand mehr.

Irgendwie hatte Thomas sich den Pokalsieg anders vorgestellt.

Als Thomas endlich zu Hause ist, sitzt seine Frau am Tisch. Sie hat das Lieblingsessen von Thomas gekocht. Thomas freut sich, aber richtig Appetit hat er nicht. Er erzählt Bianka die Geschichte vom Diebstahl beim Turnier.

„Ich glaube, ich hätte mich einmischen müssen", sagt er. „Ich hätte die Jungs damit nicht alleine lassen dürfen."

Seine Frau nickt. „Wir haben fünf Tage gebraucht, um uns zu versöhnen. Die Jungen brauchen deine Hilfe."

Thomas schiebt den Teller weg.

Er kommt zu dem Schluss, dass er einen Fehler gemacht hat. Nun will er Jonas noch einmal in Ruhe und mit etwas Abstand befragen.

Bei Jonas angekommen, findet Thomas schon Thierry vor. Die beiden sind kurz vor einem Streit. Thomas schickt Thierry weg. Er will unter vier Augen mit Jonas reden.

„Jonas", beginnt er. „Wenn du nicht sicher bist, wer der Täter ist, darfst du niemanden beschuldigen. Ich dulde es nicht, wenn einer meiner Spieler für irgendetwas verdächtigt wird. Das ist ein Foul mit Worten!"

Thomas holt tief Luft. „Also?", fragt er. „Hast du Ismail oder sonst jemanden beim Stehlen beobachtet?"
Jonas schüttelt den Kopf. „Nein, ich habe niemanden gesehen."

Wie die Beule ins Auto kam

Am nächsten Morgen denkt Thomas immer noch viel an den Diebstahl in der Kabine. Er befürchtet, dass er das Supertalent Ismail nicht mehr wiedersehen wird.

Der Junge spricht noch kaum Deutsch und kann sich deshalb auch nicht gut wehren, wenn er beschuldigt wird. Nach dem Sportunterricht in der Schule geht Thomas noch einmal kurz nach Hause.

Er will sich nun endlich mit seiner Frau aussprechen. Bianka sitzt auf dem Sofa und liest eine Zeitschrift. Als Thomas kommt, lächelt sie.

„Also, es tut mir wirklich leid", beginnt Thomas.
„Ich dachte, du traust dich nur nicht, mir die Beule im Auto zu beichten. Das hat mich traurig gemacht, weil ich doch kein Unmensch bin. Und darüber bin ich wütend geworden. Aber das hatte gar nichts mit dir zu tun."

Bianka nickt. „Stimmt, und die Beule im Auto auch nicht", antwortet sie. „Eben war unser Nachbar Herr Krause da. Er ist mit der Mülltonne gegen unser parkendes Auto gestoßen. Daher kommt die Beule."

Thomas steht der Mund offen. Was hat er gestern noch mal zu Jonas gesagt? „Wenn du nicht sicher bist, wer der Täter ist, darfst du niemanden beschuldigen."

Aber er selbst hat sich nicht daran gehalten. Thomas entschuldigt sich aus tiefstem Herzen bei Bianka. Zum Abschied drückt er ihr einen dicken Kuss auf die Wange. Sie ist unschuldig, das weiß er jetzt. Es tut ihm leid, seine Frau beschuldigt zu haben.

Vor dem Training ist Thomas ungewöhnlich früh auf dem Sportplatz. Er will vor der Mannschaft eine kleine Rede über Gerechtigkeit halten. Nur wenn es Beweise oder Augenzeugen gibt, darf man jemanden beschuldigen. Das hat er gerade mit seinem Auto noch einmal selbst erfahren müssen.

Ein Junge nach dem anderen verschwindet in der Umkleidekabine.

Schließlich kommen auch Thierry und Ismail. Thomas ist stolz auf seinen Kapitän, dass er sich so für den Neuen einsetzt.

Doch Jonas taucht nicht auf. Erst als Thomas schon in der Umkleidekabine ist, erscheint auch Jonas. Aber Jonas ist nicht streitsüchtig wie in den vergangenen Wochen. Er wirkt ganz geknickt.

„Die Geldbörse war gar nicht gestohlen", gibt er zu.
„Ich hatte sie in meinem Zimmer vergessen."

Dann geht er zu Ismail und entschuldigt sich bei ihm vor versammelter Mannschaft. Thomas ist erleichtert, dass sich alles aufgeklärt hat. Und er findet es auch mutig von Jonas, dass er seinen Irrtum zugibt.

Thomas klatscht in die Hände.
„Jetzt haben wir aber genug geredet", ruft er. „Ab auf den Platz und die Spannung loswerden. Drei Runden laufen, Männer!"

Alle Jungen stöhnen, wie immer. Aber Aufwärmen muss sein.
Beim Spiel wirken alle Kicker wie befreit. Die angeblich gestohlene Geldbörse hat alle belastet. Doch nun sind alle wieder gut drauf und motiviert.

„Schneller, schneller", feuert Thomas sie an. „Das nächste Turnier kommt bestimmt. Und dann will ich wieder den Pokal haben."

Beim Trainingsspiel legen sich alle richtig ins Zeug. Thierry, Jonas und Ismail sind zu dritt einfach wahnsinnig gut. Thomas macht sich gleich Notizen. Die drei wird er im nächsten Spiel zusammen aufstellen, soviel ist klar.

Und dann macht er sich noch eine wichtige Notiz: Blumen für Bianka. Sie hat eindeutig einen Blumenstrauß verdient.

Thomas atmet tief durch. Mit Ismail, dem neuen Superkicker, hat er jetzt wirklich die beste Mannschaft der Welt zusammen. Sie spielen nicht nur super, sie sind auch fair, ehrlich und können Fehler zugeben. Und aus ihnen lernen. Das ist noch viel mehr wert als jeder Pokal!

Am Nachmittag trainiert Thomas eine Fußballmannschaft.
Aber was ist er von Beruf?
- [ ] Er ist Sportlehrer.
- [ ] Er ist Verkäufer.
- [ ] Er ist Handwerker
- [ ] Er ist Fitnesscoach.

Gegen wen spielt die Mannschaft von Thomas am Sonntag?
- [ ] Gegen den FC Blau-Grün.
- [ ] Gegen den FC Grün-Blau.
- [ ] Gegen den FC Blau-Weiß.
- [ ] Gegen den FC Weiß-Blau.

Wieso wechselt Thomas beim Spiel Jonas aus?
- [ ] Er mag Jonas nicht.
- [ ] Er will Ismail eine Chance geben.
- [ ] Jonas hat sich verletzt.
- [ ] Die Mannschaft möchte, dass Ismail spielt.

Warum wird Thomas sauer als er nach Hause kommt?
- [ ] Seine Mannschaft hat beim Training schlecht gespielt.
- [ ] Nach dem Training hat er immer schlechte Laune.
- [ ] Seine Frau Bianka hat nicht angerufen.
- [ ] Seine Frau Bianka zeigt ihm die Beule im Auto.

Was bedeutet für Thomas ein „Foul mit Worten"?
- [ ] Wenn man jemanden einfach so beschuldigt.
- [ ] Wenn man jemanden auf dem Spielfeld beleidigt.
- [ ] Wenn man jemanden verteidigt.
- [ ] Wenn man jemanden anlügt.

 Lösungen

Deutsch³

Weitere Infos:
http://www.klett-sprachen.de/deutsch3